Hello Little Moon

Hola Lunita

A bilingual English and Spanish book

THIS BOOK BELONGS TO

....

"Hello Little Moon,
"Hola lunita,

where have you been all day?
¿Dónde has estado todo el día?

Are you here to come and play?"
¿Estás aquí para quedarte y jugar?", dijo la niña.

"No little one," said the moon.
"No pequeña", dijo la luna,

"It's time to go to bed soon.
"Pronto será hora de ir a la cama.

It's dark outside but I shine bright,
Está oscuro afuera, pero brillaré mucho

lighting the rivers with my moonlight.
iluminando los ríos con mi luz de luna.

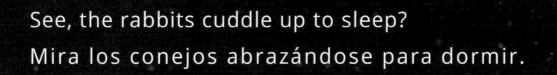

See, the rabbits cuddle up to sleep?
Mira los conejos abrazándose para dormir.

Shhh don't make a sound, don't make a peep!
¡Shhh! No hagas ningún ruido, ¡no digas ni pío!

The birds snuggle in their nest.
Los pájaros se acurrucan en su nido.

They need to sleep, they need their rest.
Necesitan dormir, necesitan su descanso.

Even big bears go to sleep,
Incluso los grandes osos se van a dormir".

do you think they count sheep?
"¿Crees que contarán ovejas?", le preguntó la niña

Some animals sleep in the day instead of the night.
Algunos animales duermen por el día en vez de por la noche.

They move in the dark and in my moonlight.
Se mueven en la oscuridad bajo mi luz de luna.

Some animals sleep just like you,
Algunos animales se van a dormir, igual que tú,

whilst others like owls and foxes have lots to do."
mientras que otros, como los búhos y los zorros, tienen mucho que hacer", respondió la luna.

"But moon, why can't I? I'm not tired, can I try?"

""Pero luna, ¿por qué yo no puedo? No estoy cansada, ¿puedo intentarlo?"

"I'm sure you can," said the moon.

"Estoy segura de que puedes", dijo la luna.

"But you'll feel sleepy very soon.

"Pero muy pronto tendrás sueño.

Because everyone needs to sleep,
Todo el mundo necesita dormir,

it doesn't matter if you're an owl or a sheep!
¡no importa si eres un búho o una oveja!

Cast your eyes up to the sky,
Levanta tus ojos al cielo

and see the stars way up high.
y mira las estrellas allá arriba.

They're all my friends, they twinkle with me.
Son mis amigas, ellas brillan conmigo.

We're high in the sky for all to see.
Estamos en el cielo para que todos nos vean,

In the sky till the sun appears,
hasta que aparezca el sol.

a beautiful day awaits you my dear!
¡Un hermoso día te espera, querida!

So much to do, so much to see,
Tanto que hacer, tanto que ver.

you'll need to rest, I hope you agree!
Necesitarás descansar, ¡espero que estés de acuerdo!

So close your eyes and listen to me,
Así que cierra tus ojos y escúchame,

as you gently drift off to sleep.
mientras te... quedas... dormida... lentamente".

THANKYOU

Thankyou for buying this book. We hope you have enjoyed it, if so please leave us a review!

Made in the USA
Monee, IL
24 September 2023

43293099R00017